Miyuki Etô

D'après l'œuvre originale
de "Jigoku Shôjo Project"

La Fille des Enfers

Jigoku Shôjo

3

Chapitre 11

LE JOB DES TÉNÈBRES

UN PETIT BONJOUR !

MERCI DU FOND DU CŒUR D'AVOIR ACHETÉ CE TOME 3 DE "LA FILLE DES ENFERS".
DÈS LE LENDEMAIN DE LA MISE EN VENTE DU MANGA, LA SECONDE SÉRIE ANIMÉE VA COMMENCER : "JIGOKU SHÔJO - FUTAKOMORI", ET JE SUIS TRÈS IMPATIENTE DE LA VOIR.*

JE PENSE INTÉGRER PLUS DE NOUVEAUX PERSONNAGES DANS LE MANGA, ET SURTOUT DES DÉVELOPPEMENTS MONTRANT LES POUPÉES DE PAILLE EN ACTION.

J'ESPÈRE QUE VOUS CONTINUEREZ À SUIVRE "LA FILLE DES ENFERS" !

MIYUKI ETÔ

* CES ÉVÉNEMENTS CONCERNENT LE JAPON.

* ENVIRON 13,7 EUROS

● NUMÉRO SPÉCIAL JOBS D
RECHERCHE HÔTES ET HÔTESS
D'ACCUEIL POUR TRAVAIL
UN PARC D'ATTRACT
Salaire horai
JE M'APPELLE MAYU FUJII.
JE VAIS TRAVAILLER ICI PENDANT CINQ JOURS. ENCHANTÉE !
J'AI RÉUSSI À LEUR FAIRE CROIRE QUE J'ÉTAIS LYCÉENNE... 30 000 YENS* EN CINQ JOURS, CE SERA VITE GAGNÉ ! ♡
JE M'APPELLE NAKATANI, ET JE SERAI TON RESPONSABLE.
EN PLUS, LE CHEF EST CARRÉMENT CANON...
SI TU AS DES QUESTIONS SUR LE TRAVAIL, N'HÉSITE PAS À ME LES POSER !
J'AI DE LA CHANCE ♥ !
VOILÀ TON UNIFORME.
LE VESTIAIRE EST AU FOND.
* ENVIRON 180 EUROS.

BONJOUR, ENCHANTÉE DE FAIRE TA CONNAISSANCE !
TU ES LA NOUVELLE ? FUJII, C'EST ÇA ?
BONJOUR ! JE SUIS NOZOMI AÏDA.
WAOUH, AÏDA EST VRAIMENT JOLIE !
TU AS 16 ANS, TOI AUSSI ?
JE SUIS JALOUSE DE TA GRANDE TAILLE !
GULP
EUH... MERCI !
IL FAUT QUE JE FASSE ATTENTION. PERSONNE NE DOIT DÉCOUVRIR MON ÂGE RÉEL !

オロ LOOK
オロ LOOK
AÏE, JE SUIS SUPER NERVEUSE !
IL FAUT JUSTE QUE JE DISTRIBUE ÇA, C'EST TOUT ?!
MAYU !
SOURIS ! SOURIS !
ET NE SOIS PAS SI NERVEUSE !
JE T'AIDERAI, C'EST PROMIS !
AH...
MERCI !
J'AI DE LA CHANCE... NOZOMI EST VRAIMENT TRÈS GENTILLE.
JE CROIS QUE TOUT VA BIEN SE PASSER ICI.
ぎゃあああっ
RAAAAAAAAAAAAAAAH!
?!
QUOI ?! QUOI ?!
AH... LA MAISON HANTÉE DE CE PARC EST CÉLÈBRE.
IL PARAÎT QU'ELLE EST TERRIFIANTE !

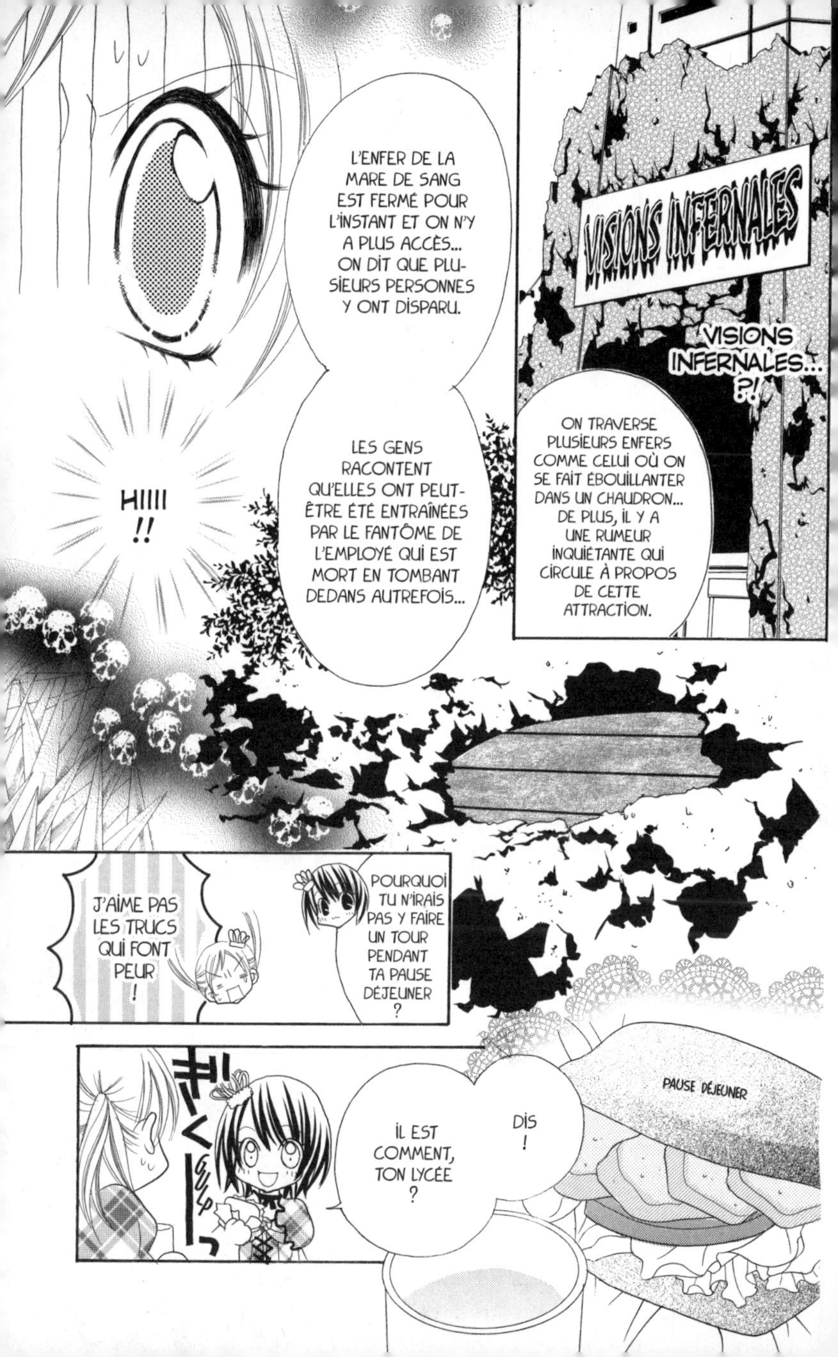
VISIONS INFERNALES
VISIONS INFERNALES... ?!
ON TRAVERSE PLUSIEURS ENFERS COMME CELUI OÙ ON SE FAIT ÉBOUILLANTER DANS UN CHAUDRON... DE PLUS, IL Y A UNE RUMEUR INQUIÉTANTE QUI CIRCULE À PROPOS DE CETTE ATTRACTION.
L'ENFER DE LA MARE DE SANG EST FERMÉ POUR L'INSTANT ET ON N'Y A PLUS ACCÈS... ON DIT QUE PLUSIEURS PERSONNES Y ONT DISPARU.
LES GENS RACONTENT QU'ELLES ONT PEUT-ÊTRE ÉTÉ ENTRAÎNÉES PAR LE FANTÔME DE L'EMPLOYÉ QUI EST MORT EN TOMBANT DEDANS AUTREFOIS...
HIIII !!
POURQUOI TU N'IRAIS PAS Y FAIRE UN TOUR PENDANT TA PAUSE DÉJEUNER ?
J'AIME PAS LES TRUCS QUI FONT PEUR !
PAUSE DÉJEUNER
DIS !
IL EST COMMENT, TON LYCÉE ?
GULP

J'HABITE AVEC MA SŒUR POUR POUVOIR FRÉQUENTER UNE ÉCOLE D'ICI.
LE SEUL PROBLÈME C'EST QUE, COMME JE DOIS PAYER MES FRAIS DE SCOLARITÉ MOI-MÊME, ÇA ENGLOUTIT TOUTE MA PAIE.
MOI, JE FAIS UNE ÉCOLE DE HAUTE COIFFURE.
ET... ET TOI, NOZOMI ?!
EUH...
PLIC
PLIC
PLIC
C'EST UN LYCÉE MIXTE...
TOUT CE QU'IL Y A DE PLUS BANAL...
DIRE QU'ON N'A QUE DEUX ANS DE DIFFÉRENCE... QU'EST-CE QU'ELLE EST COURAGEUSE !
FOUILLE
FOUILLE
FOUILLE
VESTIAIRE
TSS !
LA PETITE NOUVELLE EST FAUCHÉE...

...
HUM...
GNAH
BON, À DEMAIN !
PASSE UNE BONNE SOIRÉE !
ON REMET ÇA DEMAIN, DANS LA JOIE ET LA BONNE HUMEUR !

LE PREMIER TOUR DE MONTAGNES RUSSES D'AÏ.
FLAAAP
BEURK
ÇA LUI A DONNÉ MAL AU CŒUR.

JE CROIS QUE JE VAIS TRÈS BIEN M'ENTENDRE AVEC NOZOMI !
J'AI BIEN FAIT DE CHOISIR CE JOB !
TIENS ?
NOZOMI... SORT AVEC NAKATANI ?
ELLE A DE LA CHAAA-AANCE !
UN CHÉRI ADULTE...

WAOUH ! ♡
VESTIAI
MES CHEVEUX SONT TOUT ONDULÉS !
TU ES UNE VRAIE PRO !
ET CE RUBAN EST TRÈS JOLI ! ♥
HÉ ! HÉ !
AU FAIT, JE VOUS AI VUS L'AUTRE JOUR ! NAKATANI ET TOI, VOUS SORTEZ ENSEMBLE ?
HEIN ?!
PAS DU TOUT ! PAS DU TOUT !
MEN-TEEEUSE ! ♡
D'AC-CORD, JE VAIS TOUT TE DIRE !
VIENS CHEZ MOI UN DE CES JOURS !
YOUPI
QUAND TU VEUX !
HEIN ?
NOZOMI A POSÉ UN CONGÉ AUJOURD'HUI ?

OUI.
ELLE A DIT QU'ELLE NE SE SENTAIT PAS BIEN.
ELLE AVAIT POURTANT L'AIR EN FORME, HIER... J'ESPÈRE QU'ELLE N'A RIEN DE GRAVE.
AH, MAYU...
ÇA TE DIRAIT D'ALLER DÎNER APRÈS LE TRAVAIL ?
HEIN ?!
MAIS, ÇA VA PAS !
TU FERAIS MIEUX D'ALLER RENDRE VISITE À TA PETITE AMIE, TU NE CROIS PAS ?!
MA PETITE AMIE ?
BAH OUI...
NOZOMI ET TOI, VOUS SORTEZ ENSEMBLE...
QUOI ? MAIS PAS DU TOUT.
HEIN ? AH BON ?
TU ES PRISE, CE SOIR ?
EUH... NON.
DANS CE CAS, RIEN NE M'INTERDIT D'ACCEPTER ?

OH !
WAOUH !
C'EST LA PREMIÈRE FOIS QUE TU VIENS DANS CE GENRE D'ENDROIT ?
Oui !
BAH OUI, J'SUIS AU COLLÈGE, MOI !
BDUM
BDUM
JE SUIS TRÈS GÊNÉE, ÇA A L'AIR CHER...
NE T'EN FAIS PAS POUR ÇA !

MAYU, TU TRAVAILLES TRÈS DUR.
ET JE SUIS RAVI D'AVOIR UNE EMPLOYÉE AUSSI JOLIE QUE TOI.
SI ÇA TE DIT, J'AIMERAIS QU'ON SORTE ENSEMBLE UN DE CES SOIRS, APRÈS LE BOULOT...
WAOUH ! JE DOIS ÊTRE EN TRAIN DE RÊVER ?!
NOZOMI N'EST PAS VENUE NON PLUS AUJOUR-D'HUI...
JE N'AI PAS DE RÉPONSE À MES MAILS... ELLE EST SI MALADE QUE ÇA ?
VISIONS INFERNALES
AAAAAAAAAAAAAAAAAAAAAH
CETTE ATTRACTION A DU SUCCÈS TOUS LES JOURS !
NOOON !
J'AI PEUR !

CE N'ÉTAIT PAS SI TERRIBLE QUE ÇA.
MOI, J'ÉTAIS MORTE DE TROUILLE !
SURTOUT QUAND J'AI VU LA MARE DE SANG OÙ CE TYPE EST MORT !
CETTE RUMEUR ME FAIT PEUR, MAIS...
CELLE DE LA FILLE DES ENFERS EST BIEN PLUS FLIPPANTE !
VISIONS
AH, ÇA...
EFFECTIVEMENT ÇA FAIT PEUR.
IL PARAÎT QU'ON FINIT VRAIMENT EN ENFER.
LA FILLE DES ENFERS... C'EST LE TRUC DU SITE DU "COURRIER DES ENFERS", C'EST ÇA... ?

HEIN... ?
NOZOMI A DÉMISSIONNÉ ?!
ELLE EST PASSÉE PRENDRE SA PAYE TOUT À L'HEURE.
APPAREMMENT, ELLE A TROUVÉ UN AUTRE TRAVAIL...
NOZOMI EST GUÉRIE...
MAIS, J'AURAIS PRÉFÉRÉ QU'ELLE ME LE DISE ELLE-MÊME...
ELLE M'AVAIT INVITÉE À ALLER CHEZ ELLE...
ALORS, JE PEUX BIEN PASSER PRENDRE DE SES NOUVELLES, NON ?
EN PLUS, J'AI GARDÉ SON RUBAN...
NOZOMI N'EST TOUJOURS PAS RENTRÉE ?!
NON...
CE SONT LES VACANCES D'ÉTÉ... ELLE M'A ENVOYÉ UN MAIL POUR ME DIRE QU'ELLE ALLAIT RESTER CHEZ UNE AMIE QUELQUE TEMPS, MAIS...
C'ÉTAIT IL Y A TROIS JOURS.
ドク!!
BDUM
C'EST MOI OU CETTE HISTOIRE EST BIZARRE ?

BUREAU DE LA DIRECTION
TU AS BIEN TRAVAILLÉ PENDANT CES CINQ JOURS !
MERCI D'AVOIR ATTENDU QUE JE FINISSE MES HEURES SUP' !
JE TE DONNE TA PAYE TOUT DE SUITE !
OH... MERCI.
JE DEVRAIS PEUT-ÊTRE LUI DEMANDER POUR NOZOMI ?
EUH...
AH, AVANT TOUTE CHOSE...
QU'EST-CE QUE TU DIRAIS DE FAIRE UN BOULOT MIEUX PAYÉ, MAYU ?
CE SERAIT DANS L'AFFAIRE D'UN DE MES AMIS.
PAYE
MAYU FUJII
HEIN ?
AH... EUH...
J'AI DÉJÀ DES PROJETS POUR LE MOIS D'AOÛT...
DRRRRING

CLIC
C'EST LE TÉLÉPHONE, TU M'EXCUSES UNE MINUTE ?
FLIP
CLAC
QUE FAIRE ? ÇA NE ME PLAÎT PAS DU TOUT...
J'AI L'IMPRESSION... QU'IL N'A PAS L'INTENTION DE ME DONNER MA PAYE SI JE REFUSE SON OFFRE...
MAIS SI JE CONTINUE À TRAVAILLER, MES PARENTS RISQUENT DE S'EN RENDRE COMPTE...
COGITE COGITE
IL FAUT QUE JE TROUVE UNE BONNE EXCUSE...
CLANG

GASH
BAAH !
MINCE !
LE SAC DE NAKATANI !
LA FILLE QUE JE T'AI PRÉSENTÉE L'AUTRE JOUR TRAVAILLE BIEN ?
AH OUI ?
JE VAIS T'EN AMENER UNE AUTRE.
MAIS ?

PAYE
NOZOMI AÏDA
C'EST...
DÉSOLÉ !
JE T'AI FAIT ATTENDRE ...
NAKATANI !
TU M'AS DIT QUE NOZOMI ÉTAIT PASSÉE PRENDRE SA PAYE...
PAYE NOZOMI AÏDA
ALORS, POURQUOI EST-ELLE DANS TON SAC ?
TOUT CE QUE TU M'AS DIT, C'ÉTAIENT DES MEN-SONGES ?!
MAIS TOI AUSSI, TU AS MENTI.
MAYU FUJII, ÉLÈVE EN QUATRIÈME AU COLLÈGE C. !

RENDS-LA MOI !
PAS QUESTION !
SI TU VEUX QUE JE TE LA RENDE, TU VAS FAIRE CE QUE JE TE DIS !
POURQUOI NAKATANI A-T-IL MA CARTE SCOLAIRE... ?!
TU VEUX DE L'ARGENT, NON ?
UNE FILLE COMME TOI SERA TRÈS BIEN PAYÉE !
GRIP
NOZOMI EST RAVIE DE TRAVAILLER POUR NOUS.
REGARDE !
HEIN... ?

ELLE EST TELLEMENT OCCUPÉE QU'ELLE N'A MÊME PLUS LE TEMPS DE RENTRER CHEZ ELLE !
?!
ILS LA FORCENT...
ELLE NE VEUT PAS !
BEN QUOI, J'EN AI PLEIN D'AUTRES COMME ÇA, REGARDE !
SWUP
SWUP
NON...
LÂCHE-MOI ! OÙ EST-CE QUE TU M'EMMÈNES ?!
LES FILLES CAPRICIEUSES, IL FAUT TOUJOURS LES PUNIR POUR QU'ELLES COMPRENNENT.
CLANG
QU...
QUOI ?

BAM
KYAAAAAAAAAAAAAH !!
AH, C'EST MOCHE, ÇA !
TU ES TOMBÉE DANS LA MARE DE L'ENFER !
SWIP
SI TU FAIS ÇA... JE DIRAI TOUT À LA POLICE !

PFF
PAUVRE iDIOTE !
HA
HA
HA
HA
HA
HA
AVEC TOUS CES BILLETS...
PAYE
NOZOMI AÏDA
JE SUPPOSE QU'ON DIRA QU'UNE TRAVAILLEUSE COLLÉGIENNE QUI A MENTI SUR SON ÂGE...
EST TOMBÉE DANS UN TROU EN S'ENFUYANT AVEC DE L'ARGENT ?

ZUM
ET PUIS...
TU CONNAIS LA RUMEUR SUR CETTE MARE DE SANG ?
SI ON RETROUVE TON CADAVRE...
ON DIRA QUE C'EST LE FANTÔME QUI T'A ENTRAÎNÉE LÀ.
MON CADAVRE ?!
AT-TENDS...
QU'EST-CE QUE TU COMPTES FAIRE ?!
ZUM
BYE BYE !

NON !
NE FAIS PAS ÇA !
ZUM
NE FAIS PAS ÇA !
ZUZUM
CLANG
NOOOOOOOOON !
PLIC
HUH...
C'EST HOR-RIBLE...

ENVOYEZ NAKATANI EN ENFER !

TU M'AS APPELÉE ?
は
AH?
C'EST TOI ?

J'AI TRAFIQUÉ SA CARTE DE POINTAGE...
COMME ÇA, MÊME SI ELLE DISPARAÎT, PERSONNE NE ME SOUPÇONNERA.
VISIONS INFERNALES
POURQUOI Y A-T-IL DE LA LUMIÈRE ?
HMM ?
VLAM
... MAIS T'ES QUI, TOI ?

BIENVENUE AUX ENFERS !
HEIN ?!
SAVEZ-VOUS CE QU'ON VA VOUS FAIRE, AUX ENFERS ?
AVANT QUE VOUS NE SOYEZ JUGÉ, TOUS LES PÉCHÉS QUE VOUS AVEZ COMMIS DANS CETTE VIE VONT SE REFLÉTER DANS CE MIROIR.
VOUS AVEZ FAIT BEAUCOUP DE MAL.
MENSONGE, VOL, VIOLENCE...
QU... ?!
JE NE VOIS PAS DE QUOI VOUS VOULEZ PARLER !
OOOH, VILAIN MENTEUR !

ENSUITE, AUX ENFERS...
ON ARRACHE LA LANGUE DES MENTEURS.
SHRIK
HUH !
AAAAH !
SHRIK
AR... ARRÊTEZ !
LÂCHEZ-MOI !
BAM
QU'EST-CE QUE VOUS VOULEZ ME FAIRE ?!
SWUP
QUELLE QUES-TION !
QUEL ENFER...
PRÉFÈRES-TU ?

BRRRMM
AAAAAAAAAAAAAH !
ÇA BRÛLE !
ARRÊTE, ESPÈCE DE MALADE !
AH
TOI...
QU'EST-CE QUE TU FAIS ICI ?
TOUTE CETTE CRUAUTÉ...
TU M'AS FAIT CHANTER EN ME MENAÇANT DE DIFFUSER SUR LE NET DES VIDÉOS PRISES EN CACHETTE...
TU M'AS OBLIGÉE À TRAVAILLER DANS CET ENDROIT HORRIBLE...
PLOC
Hiiii...

MAIS, QUOI ?!
APPAREM-MENT, CE N'EST PAS ENCORE ASSEZ.
SNUP
ZAK
GAAAAAAAAAAH !
JE NE FAIS QU'OFFRIR DES JOBS À DES MORVEUSES STUPIDES, C'EST TOUT !
MON PIED...
MON PIED !
SALES TARÉS ! ARRÊTEZ !
VOUS ALLEZ ME TUER !

POUR-QUOI ÇA M'AR-RIVE, À MOI ?
SWUP
SWUP
C'EST UN CAU-CHEMAR !
JE SUIS DANS UNE VULGAIRE MAISON HANTÉE !
NON.
C'EST LA RÉALITÉ.
TU VAS ÊTRE PRÉCIPITÉ...
EN ENFER...
ZUM
ZUM
ZUM
Hiii ! UNE FILLE QUI SORT DE LA MARE DE SANG...

JE VAIS TE MONTRER...
LES VÉRITABLES ENFERS.
PAUVRE OMBRE ÉGARÉE DANS LES TÉNÈBRES...
TU FAIS LE MAL ET MÉPRISES TON PROCHAIN... TON KARMA EST SOUILLÉ PAR LE CRIME...

VEUX-TU... GOÛTER À LA MORT ?
VISIONS INFERNALES

TA FRACTURE À LA CHEVILLE SEMBLE GUÉRIR RAPIDEMENT... TU DEVRAIS POUVOIR QUITTER L'HÔPITAL DANS TROIS SEMAINES.
INSPECTEUR...
MERCI POUR TOUT.
NOUS AVONS PU RETROUVER ET RAMENER NOZOMI GRÂCE À TON TÉMOIGNAGE.
CEPENDANT...
NAKATANI RESTE INTROUVABLE...
IL A ÉTÉ...
PRÉCIPITÉ EN ENFER.
UNE MALÉDICTION, DEUX TOMBES...

J'ENVERRAI TON ENNEMI EN ENFER, MAIS EN ÉCHANGE... APRÈS TA MORT, TON ÂME AUSSI Y SERA PRÉCIPITÉE.
LE MONDE DES ADULTES EST EFFRAYANT.
UNE ENFANT COMME MOI N'AURAIT JAMAIS DÛ METTRE LES PIEDS LÀ-BAS.
MÉFIEZ-VOUS DES MAISONS HANTÉES...
VISIONS
ELLES SONT PEUT-ÊTRE...
VRAIMENT...
UN PASSAGE VERS LES ENFERS.

Chapitre 12

EXAMEN TRUQUÉ

ANALYSE DE L'ŒUVRE ET AUTRES BÊTISES.

CHAPITRE 11 : "LE JOB DES TÉNÈBRES"

JE N'AI PLUS MIS LES PIEDS DANS UNE MAISON HANTÉE DEPUIS LA MATERNELLE, MAIS IL PARAÎT QUE LES PLUS POPULAIRES EN CE MOMENT SONT VRAIMENT TRÈS EFFRAYANTES.
NIVEAU JOBS, J'AI TRAVAILLÉ PENDANT TRÈS LONGTEMPS DANS UNE BOULANGERIE, À LA CAISSE, ET J'AI AUSSI CUIT LE PAIN.

JE PRÉFÈRE LE PAIN AU RIZ...
DANS CETTE BOULANGERIE, ON POUVAIT EMPORTER TOUS LES INVENDUS CHEZ NOUS, ALORS J'AI BEAUCOUP GROSSI.

CHAPITRE 12 : "EXAMEN TRUQUÉ"

EN FAIT, IL M'EST ARRIVÉ UNE FOIS AU LYCÉE D'AVOIR ZÉRO EN MATHS, CE QUI M'AVAIT BEAUCOUP SURPRISE.

AU DÉBUT, J'AI CRU QUE C'ÉTAIT UN ROND AVANT DE M'APERCEVOIR QUE C'ÉTAIT UN ZÉRO (AU JAPON, LE ROND EST LE SIGNE D'UNE BONNE RÉPONSE, LA CROIX D'UNE MAUVAISE, NDT).

DANS LE MANGA, LA QUESTION MYSTÈRE POSÉE PAR ICHIMOKUREN, LE GARÇON À L'ŒIL, EST UNE QUESTION D'ESPAGNOL.

C'EST MON SUPERVISEUR QUI L'A INVENTÉE... MAIS, IL L'A GARDÉE POUR LUI...

4e-3
ET DANS CE CAS...
VOUS DEVEZ UTILISER CETTE FORMULE...
BON, QUI VIENT RÉSOUDRE CE PROBLÈME ?
KOJIMA !
GULP

HEIN ?
EUH...
QUOI ? TU N'AS TOUJOURS PAS COMPRIS ?
TU RESTERAS EN COLLE CE SOIR !
JE FRÉQUENTE UN COLLÈGE PRIVÉ QUI A SON PROPRE LYCÉE ASSOCIÉ.
TOUT TOURNE AUTOUR DES ÉTUDES, ALORS LES COURS SONT TRÈS DURS.
SAORI, TU AS VRAIMENT UN PROBLÈME AVEC LES MATHS.
ENFIN, BON COURAGE !
BEUH...
AAH !
ILS ONT DÉJÀ AFFICHÉ LE CLASSEMENT DU DERNIER EXAMEN !
CLASSEMENT À L'EXAMEN
C'EST CLAIR, C'EST L'HORREUR !
158. KOJIMA, SAORI

COMME ON S'Y ATTENDAIT, NOTRE DÉLÉGUÉ DE CLASSE EST LE PREMIER !
T'AS ASSURÉ, HAYASAKA !
NOTRE DÉLÉGUÉ DE CLASSE EST UN ÉLÈVE BRILLANT, AUSSI FORT DANS LES ÉTUDES QU'EN SPORT...
COMPARÉE À LUI, JE SUIS VRAIMENT NULLE...
TU NE RENTRERAS PAS CHEZ TOI AVANT D'AVOIR RÉSOLU TOUS LES PROBLÈMES JUSQU'À LA PAGE 20 !
MAIS JE N'Y COM-PRENDS VRAIMENT RIEN...
PAUVRE PAPA, AVEC UNE FILLE COMME MOI...
IL DOIT PLEURER EN ME VOYANT DEPUIS LE PARADIS...

JE VOULAIS TELLEMENT ENTRER DANS CE COLLÈGE OÙ MON PÈRE ADORÉ ENSEIGNAIT... QUE J'AI BOSSÉ COMME UNE FOLLE POUR RÉUSSIR LE CONCOURS D'ENTRÉE...
MAIS DEPUIS, JE N'ARRIVE PAS À RESTER AU NIVEAU DES COURS...
CE N'EST PAS COMME ÇA QUE J'ARRIVERAI À DEVENIR PROFESSEUR COMME MON PAPA...
TSAC
BAH ?
C'EST TOI, KOJIMA ?!
LE DÉLÉGUÉ DE CLASSE...
HA... HAYASAKA, QUE SE PASSE-T-IL ?
J'AVAIS OUBLIÉ UN TRUC...
KOJIMA, TU ES ENCORE COLLÉE ?
EUH... OUI...
WAAAH !

C'EST LA PREMIÈRE FOIS QUE JE PARLE AVEC LUI...
CLANG ガタ
TU VEUX QUE JE T'EXPLIQUE ?
JE SUIS TRÈS FORT EN MATHS.
HEIN ?!
ET LÀ...
TU REMPLACES PAR ÇA...
MAIS OUI, BIEN SÛR !
あっ AH
TU APPRENDS VITE, KOJIMA.
DÈS QUE TU AURAS COMPRIS LA MANIÈRE DE PROCÉDER, TU Y ARRIVERAS FACILEMENT !
CE N'EST PAS POUR RIEN QUE TU ES DÉLÉGUÉ DE CLASSE, TU ENSEIGNES TRÈS BIEN !
MAIS NON, TU EXAGÈRES !

M... MERCI !
D'ACCORD !
JE VAIS ME DONNER À FOND !
CLASSEMENT À L'EXAMEN
21. KOJIMA, SAORI
C'EST FORMIDABLE, SAORI !
JUSQU'À MAINTENANT, TU ÉTAIS COMPLÈTEMENT À CÔTÉ DE LA PLAQUE !

WAOUH, JE SUIS TROP CONTENTE !
POF
BRAVO, KOJIMA !
HAYASAKA !
SI TU AS ENCORE DES QUESTIONS, N'HÉSITE PAS À ME DEMANDER !
BIBLIOTHÈQUE
SI TU VEUX, JE PEUX TE PRÊTER CE LIVRE...
TOUT Y EST TRÈS BIEN EXPLIQUÉ !
MERCI...
SAORI, LE DÉLÉGUÉ DE CLASSE ET TOI, VOUS AVEZ L'AIR BIEN PROCHES, CES JOURS-CI !
JE SUIS JALOUSE !
SI JE TRAVAILLE ENCORE PLUS DUR...
EST-CE QUE J'ARRIVERAI À ME RAPPROCHER DE LUI ?

1. KOJIMA, SAORI
2. HAYASAKA, MASA
C'EST PAS POSSIBLE !
BLA
CLASSEMENT À L'EXAMEN
JE N'IMAGINAIS PAS QUE J'ARRIVERAIS UN JOUR EN TÊTE DU CLASSEMENT...
BLA
C'EST INCROYABLE, SAORI !
GRR

DING DONG
KOJIMA !
TU AS UN PEU DE TEMPS ?
FÉLICITATIONS, TU ES NUMÉRO UN AU CLASSEMENT.
MAIS TOUT ÇA, C'EST GRÂCE À TOI, HAYASAKA.
JE TE SUIS VRAIMENT RECONNAISSANTE !
MAIS NON... C'EST GRÂCE À TON PROPRE TRAVAIL.
ÉCOUTE...
KOJIMA...

TU VEUX BIEN...
SORTIR AVEC MOI ?
HEIN ?
À FORCE DE TE VOIR TRAVAILLER SI DUR...
JE ME SUIS MIS À PENSER À TOI DE PLUS EN PLUS SOUVENT...

JE N'ARRIVE PAS À Y CROIRE... JE VAIS SORTIR AVEC HAYASAKA...
SAORI !
SAORI !
TU AS TRAVAILLÉ DUR POUR TES EXAMENS.
TIENS, VOICI DE L'ARGENT DE POCHE !
HEIN ?! TOUT ÇA ?!
JE SUIS SÛRE QUE PAPA EST TRÈS FIER...
DE TE VOIR TRAVAILLER SI DUR.
OUI...
HÉ ! HÉ ! HÉ !
COMMENT JE VAIS BIEN POUVOIR LE DÉPENSER ?
N'ACHÈTE PAS N'IMPORTE QUOI !
PROMIS !
JE SAIS !

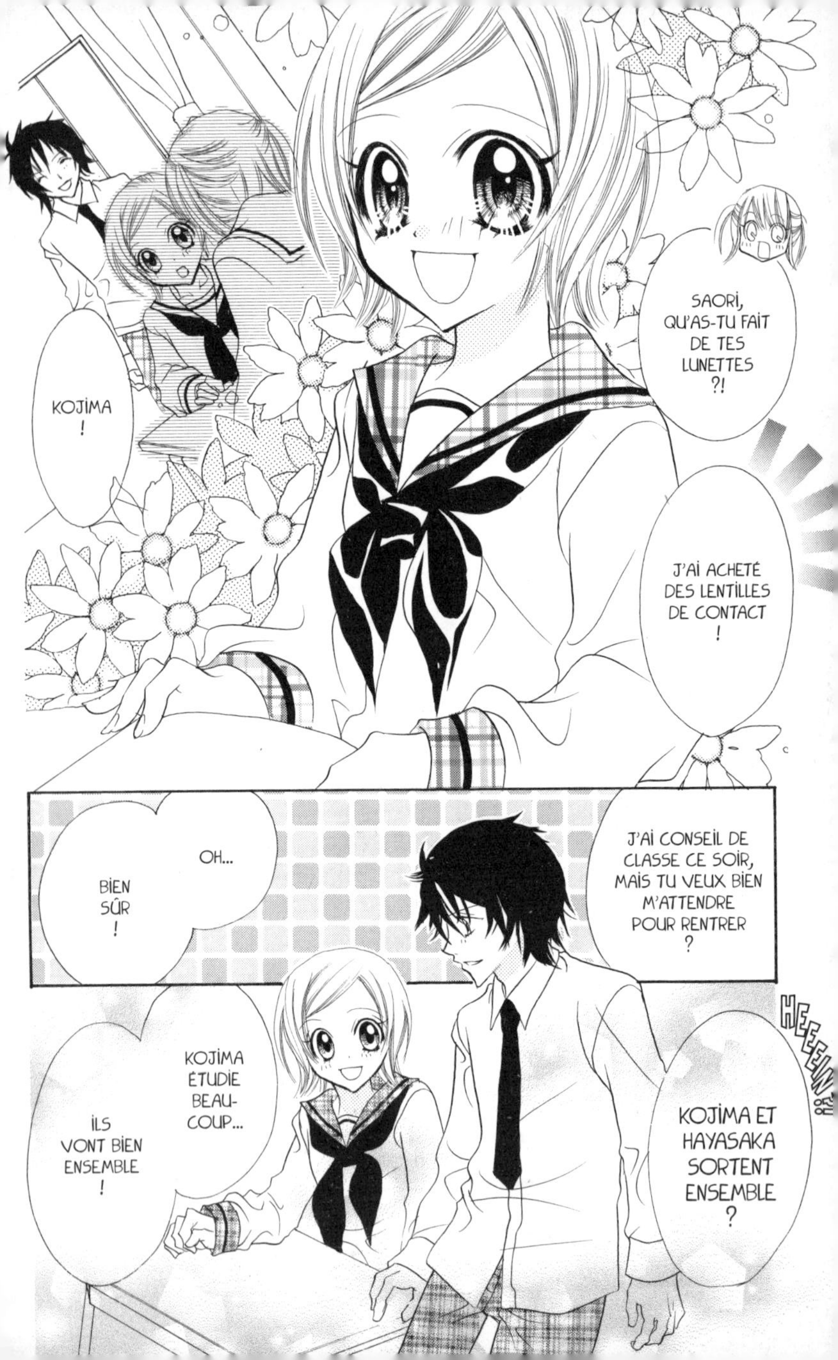
SAORI, QU'AS-TU FAIT DE TES LUNETTES ?!
J'AI ACHETÉ DES LENTILLES DE CONTACT !
KOJIMA !
J'AI CONSEIL DE CLASSE CE SOIR, MAIS TU VEUX BIEN M'ATTENDRE POUR RENTRER ?
OH...
BIEN SÛR !
HEEEIN ?!
KOJIMA ET HAYASAKA SORTENT ENSEMBLE ?
KOJIMA ÉTUDIE BEAUCOUP...
ILS VONT BIEN ENSEMBLE !

KOJIMA EST DEVENUE VRAIMENT JOLIE !
ELLE EST ENTOURÉE D'UNE AURA DE BONHEUR... J'AIMERAIS BIEN DEVENIR COPINE AVEC ELLE.
TIENS, C'EST UN CADEAU POUR TOI.
C'EST JOLI !
MERCI !
ÇA TE VA TRÈS BIEN !

DÉPÊCHE-TOI, SAORI !
ON VA ÊTRE EN RETARD POUR LE COURS DE GYM !
ATTENDS-MOI !
TSAC !
FOUILLE
FOUILLE
FOUILLE
DING
DONG
JE NE LA TROUVE PLUS...
ELLE N'EST PLUS LÀ !

QU'EST-CE QUE JE VAIS FAIRE ?
HEIN ?!
TU AS PERDU TA BAGUE ?
TU L'AS BIEN CHERCHÉE ?
JE SUIS DÉSOLÉE !
JE TE PROMETS QUE JE VAIS LA RETROUVER...
CONTRÔLE D'ANGLAIS
JE VAIS FAIRE DE MON MIEUX !
?!
0
VOUS N'Y ARRIVEREZ JAMAIS...
VOUS ÊTES UN HUMAIN ÂGÉ DE 400 ANS, MADE-MOISELLE...

QU'EST-CE QUE JE VAIS FAIRE ?
JE NE LA TROUVE NULLE PART...
PLIC
SHAAAAAAAAAA
CLASSEMENT À L'EXAMEN
Examen sur les systèmes d'équations
SAORI
TOUSSE TOUSSE
JE N'AI PAS RETROUVÉ MA BAGUE... ET EN PLUS, J'AI PRIS FROID, J'AI LA TÊTE SI LOURDE...
JE SUIS DÉSOLÉ QUE TU AIES RATÉ CET EXAMEN.
13. KOJIMA, SAORI

MAIS NE TE LAISSE PAS DÉMONTER POUR CELUI DE DEMAIN !
IL PARAÎT QU'IL VA ÊTRE TRÈS DUR... SI TU VEUX, TU PEUX UTILISER CE LIVRE DE RÉFÉRENCE...
MERCI !
HAYASAKA EST VRAIMENT GENTIL...
POUR VOTRE EXAMEN D'AUJOURD'HUI, VOUS DEVREZ RÉDIGER UN ESSAI EN ANGLAIS.
TU AS RÉUSSI, SAORI ?
OUI, JE PENSE !
J'AI RÉUSSI MON ESSAI LIBRE D'ANGLAIS... ÇA DEVRAIT ME PERMETTRE DE REMONTER MA MOYENNE.
KOJIMA !
SLAM

SUIS-MOI EN SALLE DES PROFESSEURS !
HEIN ? QUOI ?
SALLE DES PROFESSEURS
L'EXAMEN DE TOUT À L'HEURE...
PEUX-TU M'EXPLIQUER POURQUOI TON ESSAI LIBRE EN ANGLAIS EST PARFAITEMENT IDENTIQUE À CELUI D'HAYASAKA ?!
?!
IDENTIQUE ?
COMMENT EST-CE POSSIBLE ?
JE TROU-VAIS ÇA BIZARRE, AUSSI...
QUE TES NOTES AIENT AUGMENTÉ SI RAPIDEMENT.
C'ÉTAIT DONC ÇA !

VOUS...
VOUS INSINUEZ QUE J'AI COPIÉ LES RÉPONSES D'HAYASAKA ?!
GWIP
JE PENSAIS T'ENCOURAGER À FAIRE DES ÉTUDES SUPÉRIEURES... MAIS TU FERAIS MIEUX D'Y RENONCER.
QUAND JE PENSE QUE TON PÈRE ÉTAIT UN BRILLANT PROFESSEUR... QUELLE TRISTESSE !
TSAC

T'ES VRAIMENT MINABLE, KOJIMA !
IL PARAÎT QUE TU AS COPIÉ TOUTES TES RÉPONSES SUR HAYASAKA ?
T'ÉTAIS PRÊTE À ALLER JUSQUE-LÀ POUR ÊTRE PREMIÈRE AU CLASSEMENT ?
C'EST PITOYABLE !
TU AS PEUT-ÊTRE UNE TÊTE DE PETITE FILLE SAGE, MAIS À L'INTÉRIEUR, TU ES COMPLÈTEMENT POURRIE !
VOUS VOUS TROMPEZ !
ÉCOUTEZ-MOI...
PUISQUE TU TRICHES...
TU N'AS PAS BESOIN DE LIVRES DE CLASSE, HEIN ?
SHRIP
POURQUOI TU NE LES DÉCHIRES PAS TOUS ?
SHRIP
HA ! HA ! HA !
AR...
ARRÊTEZ...
SHRIP

ÇA... CE NE SERAIT PAS LE LIVRE DE QUESTIONS-RÉPONSES D'HAYASAKA ?!
MAIS, C'EST LUI QUI...
?!
HAYASAKA ÉTAIT TRÈS EMBÊTÉ PARCE QU'IL NE LE TROUVAIT PLUS...
EN RÉALITÉ, C'EST TOI QUI L'AVAIS VOLÉ !
NON SEULEMENT TU TRICHES, MAIS EN PLUS, TU VOLES ?!
BAM
T'ES PITOYABLE !
NE REVIENS PLUS AU COLLÈGE !
HAYA-SAKA, JE T'EN PRIE !
DIS-LEUR QU'ILS SE TROMPENT !
SWUP
HAYA-SAKA...

TU ME FAIS PITIÉ, KOJIMA !
JE SUPPOSE QUE TU AS CHOISI LA SOLUTION DE FACILITÉ...
JE NE T'AURAIS JAMAIS CRUE CAPABLE D'UNE CHOSE PAREILLE, SAORI...
SI TON PÈRE ÉTAIT LÀ POUR VOIR ÇA, IL SERAIT TELLEMENT MALHEUREUX...
MAMAN...

MASAMUNE HAYASAKA

TU M'AS APPELÉE ?
ENMA ?!
PRENDS CECI !
SI TU ÔTES CE FIL, LE PACTE SERA SCELLÉ...
ET L'ÊTRE QUE TU HAIS SERA IMMÉDIATEMENT ENVOYÉ EN ENFER.

SACHE CECI... DEUX TOMBES POUR UNE MALÉDICTION...
JE PEUX ACCOMPLIR TA VENGEANCE. MAIS EN ÉCHANGE, À TA MORT, TON ÂME SERA AUSSI PRÉCIPITÉE EN ENFER.
VEUX-TU MALGRÉ TOUT TE VENGER ?
J'AI PEUR...
QUE FAIRE ? JE N'OSE PAS RETOURNER AU COLLÈGE...
MAIS... JE DOIS AU MOINS EXPLIQUER LA SITUATION AU PROFESSEUR...
BONJOUR, HAYASAKA !

C'EST QUOI, ÇA ?
AH... ÇA ?
HEIN ?
MA BAGUE ?!
CE N'EST PAS CELLE DE TA PETITE AMIE ?
PFF
MA PETITE AMIE ?
POURQUOI FAIT-IL ÇA ?
SHRAK
SHRAK
JE L'AI JUSTE UN PEU AIDÉE À ÉTUDIER ET LA PAUVRE S'EST CARRÉMENT FAIT UN FILM !

JE NE M'ATTENDAIS PAS À CE QU'ELLE PRENNE LA TÊTE DU CLASSEMENT...
DU COUP, JE ME SUIS RAPPROCHÉ D'ELLE POUR LUI METTRE DES BÂTONS DANS LES ROUES.
ELLE N'A MÊME PAS VU QUE J'AVAIS ÉCHANGÉ SA COPIE AUX EXAMENS !
ÇA DOIT ÊTRE DUR D'ÊTRE AUSSI STUPIDE !
BOM
TOUT CE QU'IL A FAIT, MÊME ME DEMANDER DE SORTIR AVEC LUI...
C'ÉTAIT SEULEMENT POUR FAIRE BAISSER MES RÉSULTATS ?!

QUE LA VENGEANCE...
S'ACCOM-PLISSE !

HAYASAKA !
TU N'AS PAS EU LA MOYENNE AU DERNIER CONTRÔLE !
JE VAIS TE DONNER UN COURS DE RATTRAPAGE, SUIS-MOI !
PAS LA MOYENNE ?!
C'EST IMPOSSIBLE...
TSAC

AAAAAAAAAAAAAAAAAAAAAH !
GWIP
CLAC
ATTENTION, TU POURRAIS TOMBER DANS CETTE PISCINE D'ACIDE !
TU TE FERAIS DISSOUDRE EN UN RIEN DE TEMPS, ALORS ACCROCHE-TOI !
HEIN ?!
QU'EST-CE QUE VOUS RACONTEZ ?!
BIEN... QUESTION NUMÉRO UN !
QUELLE EST LA FORMULE MOLÉCULAIRE DE L'ACIDE SULFURIQUE ?

* JIANZHEN (688-763) EST UN MOINE CHINOIS QUI A ŒUVRÉ À LA PROPAGATION DU BOUDDHISME AU JAPON. IL A FONDÉ LE TÔSHÔDAI-JI À NARA EN 759.

MAIS MA RÉPONSE ÉTAIT JUSTE ?!
POUR-QUOI ?!
PARCE QUE...
TU AS TRICHÉ !
?!
POUR LA RÉPONSE EXACTE DE TOUT À L'HEURE, TU AS AUSSI TRICHÉ ?
LA PROCHAINE FOIS, TU LE PAIERAS !
JE VAIS TE LIRE LA PROCHAINE QUESTION, ALORS ÉCOUTE BIEN !
¡ES MEJOR !
A MÍ ME GUSTA.
C'EST...
C'EST QUELLE LANGUE, ÇA ?
CLANG
AAAAH !
AU... AU SECOURS...

ÇA, C'EST PARCE QUE TU T'ES TROMPÉ !
JE DÉTESTE LES GENS STUPIDES !
VOUS VOUS FICHEZ DE MOI ?
VOUS APPELEZ ÇA UN EXAMEN, VOUS ?!
GWIP
JE SUIS PREMIER AU CLASSEMENT DES QUATRIÈMES !
J'AI TOUJOURS 20/20 À TOUS MES CONTRÔLES !
C'EST À CAUSE DE CETTE FIERTÉ RIDICULE...
QUE TU AS ESSAYÉ D'ÉCRASER CETTE JEUNE FILLE QUI TRAVAILLAIT SI DUR ?
PAUVRE OMBRE ÉGARÉE DANS LES TÉNÈBRES...
TU FAIS LE MAL ET MÉPRISES TON PROCHAIN...
TON KARMA EST SOUILLÉ PAR LE CRIME...

VEUX-TU... GOÛTER À LA MORT ?
CRAC

AAAAAAAAAAAAH !
SPLASH
CETTE HAINE...
JE L'EMPORTE EN ENFER...

CLASSEMENT À L'EXAMEN
BLA
BLA
1. KOJIMA, SAORI
KOJIMA EST ENCORE PREMIÈRE AU CLASSEMENT !
C'EST INCROYABLE... IL Y A EU DES RUMEURS DISANT QU'ELLE TRICHAIT, MAIS MAINTENANT...
OUI... DES GENS ONT DIT QU'ELLE AVAIT EU DE BONNES NOTES EN COPIANT LES RÉPONSES D'HAYASAKA, MAIS C'ÉTAIT SÛREMENT UN MENSONGE...
PUISQUE...
SALLE DES PROFESSEURS
HAYASAKA A DISPARU SANS LAISSER DE TRACE !
AVEC DE TELLES NOTES, TU POURRAS ALLER DANS LE LYCÉE DE TON CHOIX ET FAIRE LE MÉTIER QUE TU VOUDRAS.

JE...
VEUX DEVENIR PROFESSEUR, COMME MON PÈRE.
PEU IMPORTE, JE FERAI DE MON MIEUX.
PAPA...
REGARDE-MOI DU CIEL !
APRÈS TA MORT, J'EMPORTERAI TON ÂME EN ENFER...

SUITE PAGE 121 !

Chapitre 13

AMOUR TRAÎTRE

CHAPITRE 13 : "AMOUR TRAÎTRE"

POUR LA PREMIÈRE FOIS DEPUIS UNE ÉTERNITÉ, LE SUJET ÉTAIT TRÈS SHÔJO MANGA : "LE GARÇON DU CLUB DE FOOTBALL ET LA FILLE MANAGER", ALORS JE ME SUIS BEAUCOUP AMUSÉE SUR CETTE HISTOIRE.

LORSQUE J'AI DESSINÉ CE CHAPITRE, LA COUPE DU MONDE ÉTAIT TERMINÉE ET LE CHAMPIONNAT DE BASE-BALL DU KÔSHIEN ÉTAIT SUR LE POINT DE COMMENCER.

DANS LE TOME 2, J'AI ÉCRIT QUE, D'HABITUDE, JE NE REGARDAIS PAS LE SPORT À LA TÉLÉVISION, MAIS LE BASE-BALL LYCÉEN, JE LE REGARDE EN DILETTANTE TOUS LES ANS.

MÊME SI J'HABITE AUJOURD'HUI À TOKYO, JE NE PEUX PAS M'EMPÊCHER D'ENCOURAGER HIROSHIMA.

INTERLUDE

DANS LE DESSIN ANIMÉ, LA FAMILLE SHIBATA AVAIT UNE IMPORTANCE CAPITALE.

SUIVRE L'HISTOIRE À TRAVERS LES YEUX D'HAJIME (L'HOMME ADULTE) ÉTAIT UN PEU GÊNANT POUR LE MAGAZINE "NAKAYOSHI", ALORS ON A DÉCIDÉ DE NE PAS LES FAIRE APPARAÎTRE. MAIS, COMME C'ÉTAIENT DES PERSONNES INTIMEMENT LIÉES AU PASSÉ D'AÏ, EN DESSINANT CET INTERLUDE FLASH-BACK, JE ME SUIS BIEN TORTURÉ LES MÉNINGES.

JE SUIS VRAIMENT TRÈS RECONNAISSANTE ENVERS MES SUPERVISEURS, AVEC QUI J'AI FAIT RÉUNION SUR RÉUNION, ET ENVERS LES GENS D'ANIPLEX, QUI M'ONT GUIDÉE POUR RÉALISER DES DÉTAILS PRÉCIS QUI N'AVAIENT PAS PU ÊTRE DÉPEINTS DANS LE DESSIN ANIMÉ.

POUR LA PUBLICATION EN MANGA, J'AI UN PEU RETOUCHÉ L'IMAGE OÙ AÏ SE FAIT ENTERRER.

SHOOT
OGATA CASSE ENCORE LA BARAQUE, AUJOURD'HUI !
KYAAAH

NOTRE COLLÈGE EST CÉLÈBRE POUR SON ÉQUIPE DE FOOT-BALL...
DU COUP, NOUS AUTRES MANA-GERS, NOUS SOMMES VRAIMENT TRÈS OCCUPÉES.
KANA, TU PEUX T'OCCUPER DE ÇA AUSSI ?
OUI !
JE VAIS LE FAIRE !
TU NE T'EN SORTIRAS PAS TOUTE SEULE !
PAS LA PEINE ! PAS LA PEINE !
CHUCHOTE
TU AS RENDEZ-VOUS AVEC OGATA, NON ?
ALLEZ, L'ENTRAÎ-NEMENT EST TERMINÉ ! TOUS LES SPECTATEURS SONT PRIÉS DE RENTRER CHEZ EUX !
HEEEEIN ?!
TIP TIP
HUFF
HUFF

KANA !
きょろきょろ
LOOK LOOK
GWIP
LE RÈGLEMENT DE NOTRE COLLÈGE EST TRÈS STRICT, SURTOUT SUR L'INTERDICTION DES RELATIONS AMOUREUSES ENTRE PERSONNES D'UN MÊME CLUB.
MAIS OGATA ET MOI SORTONS SECRÈTEMENT ENSEMBLE.
OGATA EST ENCORE EN QUATRIÈME ET POURTANT IL A DÉJÀ ÉTÉ REPÉRÉ PAR UN SÉLECTIONNEUR PROFESSIONNEL. C'EST VRAIMENT QUELQU'UN D'INCROYABLE !
POUVOIR ÊTRE AVEC LUI, C'EST COMME UN RÊVE !

AH !
TES BASKETS SONT VRAIMENT MARRANTES !
YUKARI ET MOI, ON A ACHETÉ LES MÊMES !
LA SEULE À SAVOIR POUR OGATA ET MOI, C'EST YUKARI, MA MEILLEURE AMIE. ELLE EST TOUJOURS LA PREMIÈRE À M'AIDER !
WAAAAAH
ALORS, HIER...
VOUS ÊTES ALLÉS TOUS LES DEUX AU CAFÉ EN FACE DE LA GARE ?
ET POUR SA BANDE DE COPAINS, ÇA S'EST BIEN PASSÉ ?
OUI ! GRÂCE À TOI, YUKARI !
VOUS NE VOUS ÊTES PAS ENCORE EMBRASSÉS ?
ÇA NE FAIT QU'UN MOIS QU'ON SORT ENSEMBLE !

HEIN ?
ET ALORS, IL VA ÊTRE TEMPS, TU SAIS ?
ARRÊTE AVEC ÇA...
ET DÉPÊCHONS-NOUS PLUTÔT DE FINIR LA LESSIVE !
AÏE !
SHOOT DE LA TÊTE !
BONG
RAAAH !
MON ŒIL ! MON ŒIL !

KANA ?!
IL Y AVAIT QUELQUE CHOSE DANS LE LINGE...
HEIN ?
UNE LAME DE RASOIR ?!
KANA !
QU'EST-IL ARRIVÉ À TA MAIN ?!
JE SUIS TOMBÉE...
TAP TAP

ÇA VA ?
EUH... OUI...
POUR QUI ELLE SE PREND, CETTE FILLE ?
ÉLOIGNE-TOI DE LUI, BOUDIN ! ÇA M'ÉNERVE !
C'EST TROP MÉCHANT... TOUT ÇA...
LA LAME DE RASOIR DE TOUT À L'HEURE...
SI ÇA SE TROUVE, C'EST UN COUP DE CES FILLES...
!!
AVEC UNE MAIN DANS CET ÉTAT, TU VAS AVOIR DU MAL À TRAVAILLER, NON ?
TU FERAIS MIEUX DE RENTRER !
OUI...

LE TOURNOI EST SI PROCHE ET JE METS YUKARI DANS L'EMBARRAS...
TSAC
?!
QUEL-QU'UN A ABÎMÉ TES BASKETS ?!
ON LES RACHÈTERA, NE T'EN FAIS PAS ! MAIS SURTOUT, NE TE LAISSE PAS DÉMORALISER, D'ACCORD ?!
OUI...
C'ÉTAIENT CELLES QU'ON AVAIT ACHETÉES ENSEMBLE...
MERCI...
JE SUIS VRAIMENT CONTENTE DE T'AVOIR COMME AMIE...

AUJOURD'HUI, C'EST MOI QUI SUIS CHARGÉE DE L'INFUSION DE BLÉ GRILLÉ.
PASSE
PASSE !!
CLIC
QUI PEUT BIEN ME JOUER CES SALES TOURS... ?
SNIF
WAAAAH
STOP ! STOP !
SI JE FAIS UNE TÊTE D'ENTERREMENT, OGATA VA DEVINER QUE QUELQUE CHOSE NE VA PAS...

CRAAAAAASH
AAAAAAAAAAAAAH !
ÇA BRÛLE...
PSSH
PSSH
INFIRMERIE
LES GARÇONS DE L'ÉQUIPE DISENT QU'ILS N'ONT VU PERSONNE DE SUSPECT DANS LES ENVIRONS...
MÊME SI LA BRÛLURE N'EST PAS TROP GRAVE...
C'EST IMPARDONNABLE !

LE 27 AOÛT 2006,
LORS D'UN ÉVÉNEMENT ORGANISÉ PAR "NAKAYOSHI", J'AI FAIT MA PREMIÈRE SÉANCE DE DÉDICACES.

MES DÉDICACES ÉTAIENT COMME ÇA, PAS TOUT À FAIT DES VRAIES...

COMME ÇA...

POUR XXX,

MIYUKI ETÔ

27 AOÛT 2006

MERCI DU FOND DU CŒUR À TOUS CEUX QUI SONT VENUS MALGRÉ LA CHALEUR !

JE VAIS VOUS LIRE LA LISTE DES MEMBRES SÉLECTIONNÉS POUR LE TOURNOI DE LA PRÉFECTURE.
ADACHI !
SAKAÏ !
OGATA !
ENFIN, LE TOURNOI !
...
UEDA !
MASU-MOTO !
VOILÀ, C'EST TOUT.
GRR
C'EST CHOUETTE POUR OGATA, HEIN ?
Club de FOOT
OUI !
TSAC

KYAAAH !
BAM
C'EST...
C'EST L'UNIFORME D'OGATA...
AÏE !
MAIS QUOI ENCORE ?!
!
POURQUOI OGATA EST-IL AUSSI VICTIME DE CES SALES TOURS ?!
C'EST HORRIBLE...
TRIIIIIIK
VOILÀ, C'EST TERMINÉ POUR AUJOURD'HUI...

OGATA !
HMM ?
QU'Y A-T-IL ?
AH...
EUH...
GWIP
OGATA !
L'ENT-RAÎNEUR T'APPELLE !
J'ARRIVE !
DÉSOLÉ, TU VOULAIS ME DIRE QUELQUE CHOSE ?
AH... NON !
ÇA NE FAIT RIEN !
C'EST UN MOMENT IMPORTANT POUR LUI...
JE N'AI PAS ENVIE DE LE STRESSER...

J'AI RÉUSSI À LE REPRISER...
JE LUI DIRAI QU'IL S'EST PRIS DANS QUELQUE CHOSE PENDANT LA LESSIVE.
MAIS POURQUOI NOUS HARCELER DE LA SORTE ?
AUCUNE DE SES FANS NE FERAIT UN COUP PAREIL À OGATA...
ALORS, QUI A BIEN PU FAIRE ÇA ?
DRRRRING
Appel entrant YUKARI
ALLÔ ?
ALLÔ, KANA ?!
JE SAIS QUI EST LE COUPABLE DE TOUS CES SALES TOURS !
!

JE LUI AI DEMANDÉ DE VENIR DANS LE PARC DU BLOC 2...
ON VA LE FAIRE AVOUER TOUTES LES DEUX !
MAIS ?
OÙ EST YUKARI ?
PARC
GASH
YUKARI ?
!
TOI ?
YAMANE ?!

POUR...
POURQUOI AS-TU FAIT ÇA ?!
ÇA FAIT LONGTEMPS QUE JE NE SUPPORTE PLUS CET IMBÉCILE D'OGATA !
JE ME SUIS ENTRAÎNÉ COMME UN MALADE ET JE N'AI JAMAIS RÉUSSI À FAIRE PARTIE DES TITULAIRES...
TANDIS QUE LUI, IL SE LA JOUE PARCE QU'IL A ÉTÉ REPÉRÉ PAR UN SÉLECTIONNEUR...
TU SORS AVEC OGATA, NON ?
EN PLUS, CE SALE TYPE S'EST MÊME DÉGOTÉ UNE PETITE AMIE DANS LE CLUB...

ÇA N'A RIEN DE PERSONNEL CONTRE TOI.
NON !
NON...
LÂCHE-MOI !
CLIC
KANA !
YUKARI...

PARDON D'ÊTRE ARRIVÉE EN RETARD...
IL NE T'A RIEN FAIT ?!
QU'EST-CE QUE JE DOIS FAIRE ?
SI JE PARLE DE ÇA À OGATA...
SURTOUT PAS ! SI LES GENS APPRENNENT QU'UN DES MEMBRES DU CLUB A AGI COMME ÇA, L'ÉQUIPE RISQUE DE NE PLUS POUVOIR PARTICIPER AU TOURNOI DE LA PRÉFECTURE...
...
TU AS RAISON...
ON DOIT CACHER ÇA À OGATA ET À L'ENTRAÎNEUR...

KANA !
ÇA N'A PAS L'AIR D'ALLER, CES JOURS-CI !
TU AS TOUJOURS L'AIR TOURMENTÉE.
IL S'EST PASSÉ QUELQUE CHOSE ?
NON...
COMMENT FAIRE ?
OGATA...
JE CROIS QU'ON FERAIT MIEUX D'ARRÊTER DE SE VOIR EN DEHORS DU CLUB PENDANT QUELQUE TEMPS.
HEIN ?
POURQUOI ?
...

LE TOURNOI EST POUR BIENTÔT...
J'AIMERAIS QUE TU PUISSES TE CONCENTRER SUR L'ENTRAÎNEMENT ET LES MATCHS...
SI JE RESTE AVEC LUI, OGATA RISQUE D'ÊTRE ENCORE ATTAQUÉ...
KANA !
L'ENTRAÎNEUR VEUT TE VOIR !
SALLE DES PROFESSEURS
HIER, NOUS AVONS REÇU CETTE PHOTO.

C'EST... L'AUTRE JOUR ?!
TU SAIS POURTANT QUE LES RELATIONS AMOUREUSES SONT INTERDITES DANS LE CLUB !
CE N'EST PAS CE QUE VOUS CROYEZ !
C'EST...
AH
L'ÉQUIPE RISQUE DE NE PLUS POUVOIR PARTICIPER AU TOURNOI DE LA PRÉFECTURE...
...
UNE ÉLÈVE QUI CAUSE DES PROBLÈMES...
N'EST PAS DIGNE D'ÊTRE MANAGER DE L'ÉQUIPE DE FOOTBALL.

JE VEUX QUE TU QUITTES TON POSTE DE MANAGER !
KANA...
ON M'A ENVOYÉ CETTE PHOTO SUR MON PORTABLE...
À LUI AUSSI !
C'EST SANS ESPOIR...
JE NE PEUX PAS RESTER AVEC TOI, OGATA...
KANA ?!

MERCI POUR TOUT CE QUE TU AS FAIT POUR MOI !
ADIEU...
KANA...

KANA...
EST-CE QUE C'EST VRAI ?
JE N'ARRIVE PAS À CROIRE QUE TU AIES ROMPU AVEC OGATA...
GWIP
TOUT ÇA ME REND FURIEUSE...
TU N'AS POURTANT RIEN FAIT DE MAL, KANA !
DIS...

TU CONNAIS LE "COURRIER DES ENFERS" ?
ET SI TU Y ENTRAIS SON NOM ?
CELUI DE YAMANE...
IL DOIT PAYER...
IL DOIT PAYER !

LE "COURRIER DES ENFERS" EST UN SITE QUI N'EST ACCESSIBLE QU'À MINUIT PILE.
SI ON Y ENTRE LE NOM D'UNE PERSONNE QU'ON HAIT...
地獄通信
LE COURRIER DES ENFERS
YAMANE
Appel entrant :
OGATA
DRRRRRING
DRRRRRING
GULP
BIP
C'EST OGATA...
...
ALLÔ ?

PRENDS CECI !
SI TU ÔTES CE FIL, LE PACTE SERA SCELLÉ...
ET L'ÊTRE QUE TU HAIS SERA IMMÉDIATEMENT ENVOYÉ EN ENFER.
MAIS SACHE CECI... DEUX TOMBES POUR UNE MALÉDICTION...

JE PEUX ACCOMPLIR TA VENGEANCE, MAIS EN ÉCHANGE, À TA MORT, TON ÂME AUSSI SERA PRÉCIPITÉE EN ENFER.
YUKARI ! YUKARI !
IL PARAÎT QUE TOUT LE CLUB DOIT SE RASSEMBLER.
AH... J'ARRIVE.
CLUB DE FOOT
TSAC
?!

YAMANE...
C'EST MAUVAIS POUR TOI, ÇA !
TU AS ESSAYÉ DE TE VENGER D'OGATA PARCE QUE TU N'AS PAS RÉUSSI À ÊTRE TITULAIRE, N'EST-CE PAS ?
SI TU NE VEUX PAS QUE JE LE DISE À TOUT LE MONDE, TU VAS DEVOIR FAIRE CE QUE JE DIS.
FAIS DES CRASSES À KANA !
JE VEUX QU'ELLE ARRÊTE D'ÊTRE MANAGER.
CES DEUX-LÀ SORTENT ENSEMBLE...
ALORS, SI KANA ARRÊTE, JE SUIS SÛRE QUE ÇA CHOQUERA ÉNORMÉMENT OGATA. QU'EN PENSES-TU ?
QU...
QU'EST-CE QUE ÇA VEUT DIRE ?!
ARRÊTEZ ÇA !

C'EST VRAIMENT MINABLE !
TU N'ES PAS DIGNE D'ÊTRE MANAGER !
Hiii...
TAP TAP
HUFF
HUFF
VLAM
HUFF
HUFF
POUR-QUOI ?!
QUI A BIEN PU FILMER ÇA ?

カシャッ
FLASH
?!
カシャ
FLASH
MAIS...
QUOI ?!
カシャ
FLASH
カシャッ
FLASH
KANA ?!
MAIS C'EST MON PORTABLE, ÇA !
J'EN ÉTAIS SÛRE.
C'ÉTAIT BIEN TOI, LA RESPONSABLE DE TOUT ÇA !
!
C'EST À CAUSE DE CE QU'OGATA M'A DIT.
SI CETTE PERSONNE S'EST DONNÉ LA PEINE DE M'ENVOYER CETTE PHOTO...
C'EST FORCÉMENT QU'ELLE EST AU COURANT POUR NOUS DEUX, TU NE PENSES PAS ?

LA SEULE PERSONNE À SAVOIR POUR NOUS...
C'EST YUKARI ?
YAMANE A JUSTE DÉCHIRÉ L'UNIFORME.
J'EN AI PROFITÉ POUR TOUT LUI METTRE SUR LE DOS.
SI TU AVAIS ENVOYÉ YAMANE EN ENFER, MON PLAN SE SERAIT DÉROULÉ À LA PERFECTION !
OUI, C'ÉTAIT MOI !
LA LAME DE RASOIR, LA BRÛLURE, TOUT ÇA, C'ÉTAIT MOI !
POURQUOI ?
JE TE CROYAIS MA MEILLEURE AMIE ?

TA MEILLEURE AMIE ?
MAIS JE TE DÉTESTE, MOI !
NON SEULEMENT TU N'AS RIEN COMPRIS MAIS EN PLUS, TU ES MÊME ALLÉE JUSQU'À ACHETER LES MÊMES BASKETS QUE MOI, SALE POT DE COLLE !
J'AIME OGATA DEPUIS BIEN PLUS LONGTEMPS QUE TOI !
す SWUP
PAUVRE OMBRE ÉGARÉE DANS LES TÉNÈBRES...
TU FAIS LE MAL ET MÉPRISES TON PROCHAIN...
TON KARMA EST SOUILLÉ PAR LE CRIME...

ヒュ FWUP !!
BAM
VEUX-TU...
GOÛTER À LA MORT ?
KYAAAAH

ROULE
QU... QUOI ?
UN BALLON ?
LOOK
H!!!...
KYAAAAAAAAAAAAAAH!

CETTE HAINE...
JE L'EMPORTE EN ENFER...
CÉLÉBRATION
L'ÉQUIPE DE FOOTBALL A REMPORTÉ LE TOURNOI DE LA PRÉFECTURE !
C'ÉTAIT TROP GÉNIAL ! ♡
OGATA A VRAIMENT ASSURÉ !
AH...
MAIS... CETTE HISTOIRE M'A FAIT PEUR !
LA MANAGER, YUKARI...
ON NE L'A TOUJOURS PAS RETROUVÉE, TU SAIS ?
UNE MALÉDICTION, DEUX TOMBES.

JE PEUX ACCOMPLIR TA VENGEANCE, MAIS EN ÉCHANGE, À TA MORT, TON ÂME AUSSI SERA PRÉCIPITÉE EN ENFER.
VEUX-TU MALGRÉ TOUT TE VENGER ?
OUI, JE LE VEUX MALGRÉ TOUT.
KANA !

INTERLUDE SPÉCIAL DE LA FILLE DES ENFERS

SUITE PAGE 168 !

Interlude

ESSAYAGE

CETTE FOIS ENCORE, VOUS POURREZ LIRE LES PETITS MANGA IDIOTS FAITS POUR LA FÊTE DES GAGS ET LE DVD*.
APRÈS CEUX-CI, J'AI ÉCRIT UNE HISTOIRE COURTE.

L'INTERLUDE SUR LE PASSÉ D'AÏ QUI COMMENCE À LA PAGE SUIVANTE EST TRÈS TRISTE, J'ESPÈRE QU'IL VOUS TOUCHERA NE SERAIT-CE QU'UN PEU.

REMERCIEMENTS

À ANIPLEX,
À OSANO, MARUYAMA, ORIUCHI,
À TOUTES LES PERSONNES IMPLIQUÉES DANS CE PROJET,
À TOUS LES LECTEURS QUI ONT EU LA GENTILLESSE D'ACHETER CE MANGA.

* CES ÉVÉNEMENTS CONCERNENT LE JAPON.

地獄通信
LE COURRIER
COMMENT AS-TU PU FAIRE ÇA ?
JE CROYAIS...
QU'ON RESTERAIT ENSEMBLE POUR TOU-JOURS...
SENTARÔ SHIBATA

TU M'AS APPELÉE ?
TU ES...
AÏ ENMA... UNE FILLE DE MA CLASSE ?

PRENDS CECI !
SI TU ÔTES CE FIL, LE PACTE SERA SCELLÉ...
ET L'ÊTRE QUE TU HAIS SERA IMMÉDIATEMENT ENVOYÉ EN ENFER.
BOUM !!...
ENVOYEZ SENTARÔ EN ENFER...
TOUT ÇA, C'EST LA FAUTE DE SENTARÔ, IL M'A TROMPÉE !
IL AVAIT DIT QU'ON SERAIT TOUJOURS ENSEMBLE...
IL AVAIT DIT QU'IL ME PROTÉGERAIT TOUTE MA VIE...

VOUS N'AVEZ AUCUN MESSAGE
DEPUIS QU'ON N'EST PLUS DANS LA MÊME CLASSE...
JE N'ARRIVE PLUS À LE JOINDRE...
RIÉ !
TU N'AS TOUJOURS PAS REÇU DE RÉPONSE DE SENTARÔ ?
NON...
J'AI L'IMPRESSION QU'IL EST TRÈS PRIS PAR SES ACTIVITÉS AU CLUB.
TOUT LE MONDE S'INQUIÈTE, TU SAIS ?
ENTRE VOUS, C'EST LE GRAND AMOUR DEPUIS LA CINQUIÈME... VOUS ÊTES CÉLÈBRES : LE COUPLE LE PLUS GLAMOUR !
IL EST AU CLUB AUJOURD'HUI AUSSI ?
あはは HA HA HA
AH...

SEN...
SENTARÔ !
QUI EST CETTE FILLE ?!
CE N'EST PAS POSSIBLE... IL A MENTI EN DISANT QU'IL ÉTAIT TRÈS PRIS PAR LE CLUB ?!
C'EST HORRIBLE !

IL M'A TROMPÉE ! JAMAIS JE NE LE LUI PARDONNERAI...
JE VAIS... JE VAIS...
À TOI...
DE DÉCIDER.
BEN ? OÙ EST MADE-MOISELLE ?
JE NE SAIS PAS... ELLE A ENCORE DISPARU.
ELLE SE COMPORTE BIZARREMENT DEPUIS QU'ELLE A REÇU CE MESSAGE.

ENVOYEZ SENTARÔ SHIBATA EN ENFER
TU CROIS QUE C'EST À CAUSE DE CE NOM ?
HIER, JE ME SUIS CONNECTÉE À CE SITE SOUS LE COUP DE L'ÉMOTION, MAIS...
JE N'AI PAS ENCORE VÉRIFIÉ... QU'EST-CE QUE JE DOIS FAIRE ?
ゴツ... TSIC
SI ÇA SE TROUVE, IL Y A UNE EXPLICATION À TOUT ÇA...
IL NE M'A PEUT-ÊTRE PAS TROMPÉE...

TIENS...
JE PRÉFÈRE TE LA RENDRE...
L'ENVOYER EN ENFER... JE CROIS QUE C'EST UN PEU EXAGÉRÉ...
QUELLE GIROUETTE !
GULP
QUI SONT CES GENS ?!
ILS ME FONT PEUR...
DIRE QUE LE DESTIN DE MADEMOISELLE EST DE NE PAS POUVOIR FUIR MÊME SI ELLE LE VEUT ET CE...
TANT QUE LA HAINE ENGENDRÉE PAR LES HUMAINS EXISTERA.

MADEMOISELLE ACCOMPLIT DES VENGEANCES DEPUIS QUATRE CENTS ANS.
EN OUBLIANT SA PROPRE HAINE... ET EN FERMANT SON CŒUR...
QUOI ?
LA HAINE N'EST PAS UNE CHOSE SI SIMPLE.

CECI S'EST PASSÉ AUTREFOIS...
SALE MONSTRE !
VA-T'EN DU VILLAGE !
AÏE...
GASH
NON...
ARRÊTEZ...
NE FAITES PAS DE MAL À AÏ !

SENTARÔ !
ELLE N'ARRÊTE PAS DE FAIRE DES TRUCS QUI FONT PEUR, TU NE LE SAIS PAS ?!
L'AUTRE JOUR ENCORE, ELLE A FAIT RESSUSCITER UN PAPILLON QUI ÉTAIT MORT...
TAIS-TOI !
BAM
WAAH
AÏE...
SENTARÔ... ÇA VA ?
PARDON ! C'EST MA FAUTE...
MAIS JE NE SUIS PAS UN MONSTRE...
LE PAPILLON ÉTAIT ENCORE VIVANT, C'EST TOUT.
JE SAIS.

TU N'ES PAS UN MONSTRE, AÏ !
TU ES MA COUSINE PRÉFÉRÉE !
CETTE ANNÉE EST CELLE DE L'OFFRANDE QUI A LIEU TOUS LES SEPT ANS...
POUR QUE LE VILLAGE CONTINUE DE PROSPÉRER... UNE JEUNE FILLE DE 7 ANS DEVRA ÊTRE OFFERTE AU DIEU DE LA MONTAGNE LORS D'UNE IMPORTANTE CÉRÉMONIE.
SENTARÔ...

AÏ, TU AS 7 ANS...
TU VAS DEVENIR L'ÉPOUSE DU DIEU DE LA MONTAGNE ET PROTÉGER LE VILLAGE.
COM-MENCEZ LES PRÉPA-RATIFS...
CLAC
MAIS...
ATTENDEZ !
POUR-QUOI ?
POUR-QUOI AÏ ?
C'EST POUR LE VILLAGE.
SENTARÔ...
C'EST LA SEULE CHOSE QUE JE TE DEMANDERAI DE TOUTE LA VIE... TU VEUX BIEN ACCEPTER ?

シャン!..
LA FILLE OFFERTE AU DIEU DE LA MONTAGNE...
SERA ENFERMÉE DANS LA CHAPELLE SHINTÔ ET ELLE N'EN RESSORTIRA JAMAIS.
..シャン..
CLING
C'EST COMME ÇA, ON N'Y PEUT RIEN...
AÏ !
TU VAS ENTRER DANS CETTE CHAPELLE.
NON...
ALLEZ ! DÉPÊCHE-TOI !

JE NE VEUX PAS...
ARRÊTEZ !
FERMEZ LA PORTE !
NON...
CRIIIIC
NOOOOOOON !
CLAC
J'AI FROID...
J'AI FAIM...
AU SE-COURS...

…ガサ…
GASH
びくっ
GULP
ギィィィ
CRIIIIC
SENTARÔ…
CE SONT TES PARENTS QUI M'ENVOIENT.
TU VAS SORTIR D'ICI ET ALLER TE CACHER DANS UNE CHAPELLE DANS LA MONTAGNE !
AÏ !
TU N'AS RIEN ?!

SENTARÔ...
J'AI ÉTÉ... SACRIFIÉE ?
ぐいっ
GWIP
AÏ !
ÇA VA ALLER...
TOUT VA BIEN SE PASSER !

LE RIZ S'EST ENCORE DESSÉCHÉ...
APRÈS LES PLUIES INCESSANTES, ON A LE DROIT À UN SOLEIL RAVAGEUR...
POURQUOI ?
POURQUOI LE DIEU DE LA MONTAGNE...
NE NOUS VIENT-IL PAS EN AIDE ?
SENTARÔ !
MANGE !
TOI, MANGE, PAPA !
TON CORPS EST PLUS FAIBLE...
NE T'OCCUPE PAS DE MOI ET MANGE !
MAIS... SI LA RÉCOLTE DE RIZ CONTINUE À ÊTRE SI MAUVAISE, LES GENS VONT MOURIR.
ズキ BDUM

DIS, SENTARÔ !
ÇA VA, AU VILLAGE ?
ET PUIS... SI LES VILLAGEOIS APPRENNENT POUR MOI... SENTARÔ, TU SERAS...
AÏ...
NE T'INQUIÈTE PAS, AÏ !
C'EST FICHU...
SI ÇA CONTINUE COMME ÇA, NOUS N'AURONS PAS DE QUOI PASSER L'HIVER...
オギャア
OUIIIIN
オギャア
OUIIIIN
SIX ANS SE SONT ÉCOULÉS DEPUIS LE SACRIFICE DES SEPT ANS ET POURTANT RIEN NE S'ARRANGE !
DIEU DE LA MONTAGNE... AIDE-NOUS !
オギャア!!
OUIIIIN

AÏ !
JE T'AI APPORTÉ DE QUOI TE CHANGER.
SENTARÔ...
MERCI.
MAIS TU ES SÛR QUE C'EST PRUDENT...
DE SORTIR COMME ÇA ALORS QU'IL FAIT SI CLAIR ?
AÏ...
QUITTE CE VILLAGE AVEC MOI !

MAIS...
TU VEUX CONTINUER À VIVRE COMME ÇA POUR LE RESTANT DE TES JOURS ?!
SENTARÔ...
JE...
JE TE PROTÉGERAI, AÏ...
GASH

QU'EST-CE QUE VOUS AVEZ FAIT ?!
C'EST À CAUSE DE VOUS...
VOUS ALLEZ LE PAYER !
TOUT LE VILLAGE EST RONGÉ PAR LA FAMINE !
AÏ !
SAUVE-TOI !
BAM
SEN-TARÔ !

NE LA LAISSEZ PAS S'ÉCHAPPER !
KYAAAAAAAAAAAH !
ZAM
AÏ...
NOOON !
AU SECOURS ! SENTARÔ !
AMENEZ AUSSI LES PARENTS D'AÏ !
ON VA RECOMMENCER LE RITUEL DE L'OFFRANDE DES SEPT ANS !

NON...
ARRÊTEZ...
ZOOOOOOOOOOON !
CRAC
BAM
GWIP
FLAP

トサッ
BAM
AÏ !
AÏ...

ぽたっ
PLIC
SENTARÔ ?
SENTARÔ !
BAM
BAM
KYAAAH...
ZASH

DIEU DE LA MONTAGNE ! LA FILLE QUI A ROMPU LE PACTE EST ICI...
NON...
SENTARÔ...
DIEU DE LA MONTAGNE !
ALORS, SAUVE LE VILLAGE !
ENTERREZ-LA VIVANTE !
AU SECOOOOOOOURS !
SENTARÔ...
VAS-Y, TOI AUSSI !
?!
SI TU NE LE FAIS PAS AUSSI...
LA COLÈRE DU DIEU DE LA MONTAGNE NE S'APAISERA PAS !
DÉPÊCHE-TOI ! RECOUVRE-LA DE TERRE !
AAAAAAAAAAAAH !
ZASU

SENTARÔ...
AAAAAAAAAAAAAH !
CLANG
REVIENS ICI, SENTARÔ !
TAP TAP

PAR-
DON...
PARDON,
AÏ
!
JE TE
PROTÉGERAI,
AÏ...
JE
VOUS
HAIS...
JE
VOUS
HAIS
TOUS...

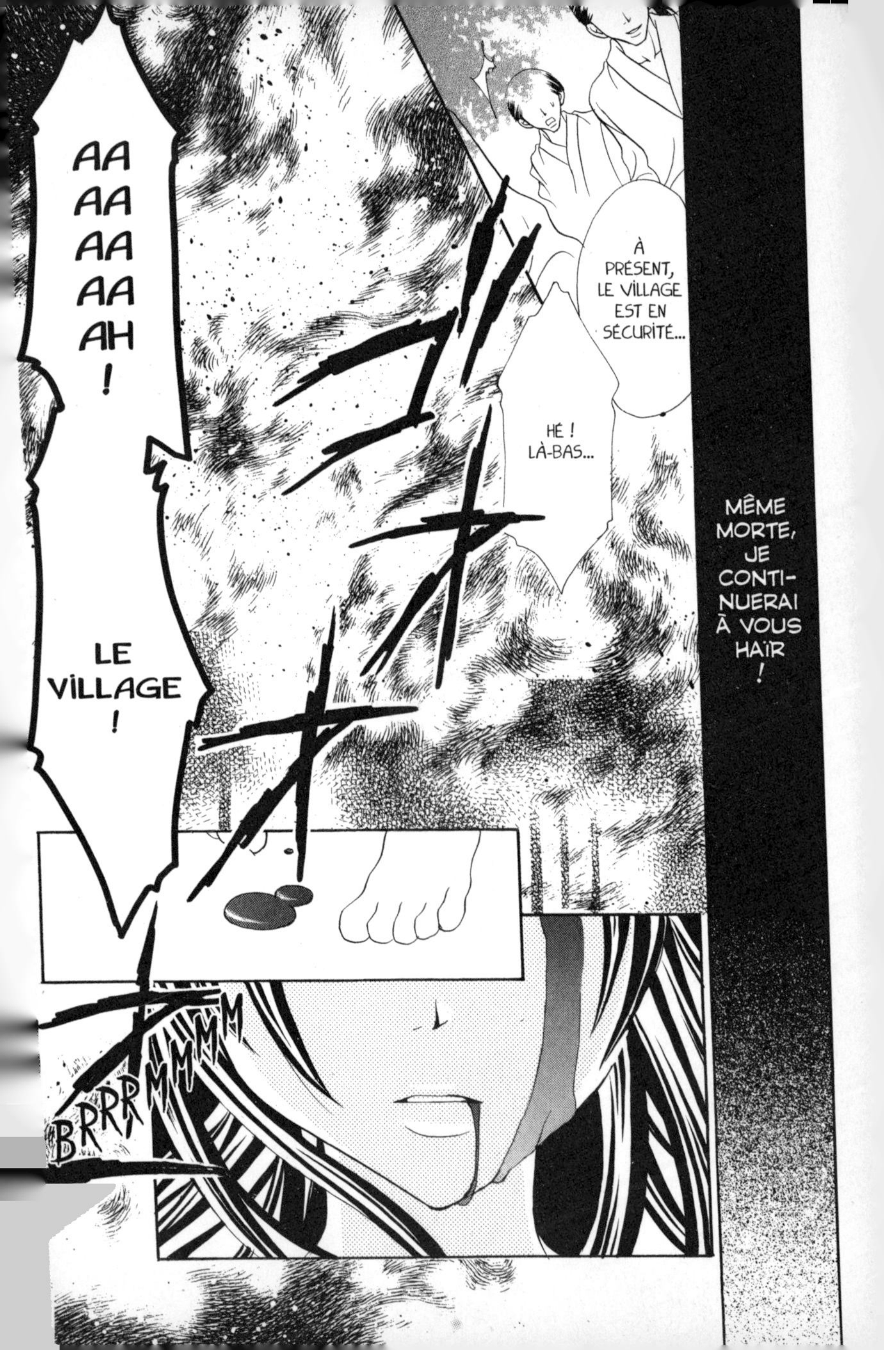
MÊME MORTE, JE CONTI-NUERAI À VOUS HAÏR !
À PRÉSENT, LE VILLAGE EST EN SÉCURITÉ...
HÉ ! LÀ-BAS...
AAAAAAAAAH !
LE VILLAGE !
BRRRMMMMM

LA HAINE DE MADEMOISELLE...
A EMBRASÉ LE VILLAGE.
POUR LA PUNIR, ELLE A REÇU UNE SENTENCE PIRE QUE D'ALLER EN ENFER...
PENDANT QUATRE CENTS ANS, MADEMOISELLE A DÛ ENVOYER EN ENFER LA HAINE DES HUMAINS.
POUR SE PURIFIER DE SON PROPRE CRIME...
C'EST HORRIBLE...
すっ…
SWUP
TOI AUSSI, TU HAIS SENTARÔ, N'EST-CE PAS ?

JE VAIS...
FWUP
L'ENVOYER EN ENFER POUR TOI.
AH!
MAIS ?!
QU'EST-CE QUI M'ARRIVE ?
KRRRRR
MADEMOISELLE, VOUS NE DEVEZ PAS !
AAAAAAAAAAAH !

REGARDE BIEN !
REGARDE L'HOMME QUI T'A TRAHIE...
ÊTRE PRÉCIPITÉ EN ENFER !
TRAHIE ?
C'EST ELLE QUI M'A INVITÉ...
ギリッ
KRRRR
SENTARÔ NE TE REVIENDRA PAS...
IL EST COMME LUI.

ALORS, ENVOIE-LE EN ENFER...
ET SOMBRES-Y TOI AUSSI APRÈS TA MORT...
HAÏSSEZ-VOUS MUTUEL-LEMENT...
QUE VOTRE VIE S'ACHEVE DANS LA SOUF-FRANCE !

AR-RÊTE !
MALGRÉ TOUT...
JE L'AIME...
TU VEUX TE VENGER, NON ?
TU LE HAIS PARCE QU'IL T'A TROMPÉE...
JE SAIS...
MAIS...
GWIP

JE VEUX CROIRE...
EN MES SOUVENIRS AVEC LUI.
C'EST VRAI QUE JUSQU'À AUJOURD'HUI, ON S'EST BEAUCOUP DISPUTÉ, MAIS J'AI PLEIN DE SOUVENIRS HEUREUX AVEC SENTARÔ !
TOI AUSSI, TU FAISAIS CONFIANCE...
À TON SENTARÔ...

JE SUIS SÛRE QU'IL T'AIMAIT AUSSI.
JE SUIS DÉSOLÉE...
JE TE LA RENDS.
JE VEUX...
LUI LAISSER UNE SECONDE CHANCE...
FWAP

ALLONS-NOUS-EN !
HEIN ?
D'AC-CORD...
MADEMOI-SELLE.
MADE-MOISELLE...
VOUS AVEZ PARDONNÉ À SENTARÔ ?
JE NE SAIS PAS...

EST-CE QUE MADE-MOISELLE SAIT...
QUE SENTARÔ A FAIT ÉRIGER UN TEMPLE AFIN D'Y PRIER POUR LE REPOS DE SON ÂME ?
FWAP
PARDON, RIÉ !

CETTE FILLE... EST MANAGER AU CLUB.
ELLE ME PARLAIT SOUVENT DE SES PROBLÈMES ET ON EST DEVENUS TRÈS PROCHES...
MAIS... JE TE JURE QUE JE NE FERAI PLUS JAMAIS RIEN QUI PUISSE TE FAIRE DOUTER DE MOI.
PARDON...
PARDONNE-MOI...
SENTARÔ...
J'TE JURE !
SI C'ÉTAIT POUR NOUS RENDRE LA POUPÉE, ELLE AURAIT PU S'ABSTENIR DE NOUS INVOQUER DEPUIS LE DÉBUT !
MAIS, JE CROIS QUE CETTE FILLE A COMPRIS...

QU'IL NE FAUT PAS SE CONNECTER À LA LÉGÈRE...
AU "COURRIER DES ENFERS".
PAS VRAI...
MADE-MOISELLE ?
SI...
SI TU ÔTES CE FIL, LE PACTE SERA SCELLÉ...
ET L'ÊTRE QUE TU HAIS SERA IMMÉDIATEMENT ENVOYÉ EN ENFER.
À PRÉSENT...
À TOI DE DÉCIDER.
À suivre...

INTERLUDE SPÉCIAL DE LA FILLE DES ENFERS
L'ÉTÉ
FAIT TROP CHAAAAAAUD !
CRI CRI
CRI CRI
C'EST INTENABLE, J'AI DE LA SUEUR ENTRE LES SEINS...
ENTRE LES SEINS...
MADEMOISELLE, VOUS POURRIEZ ACHETER UN CLIMATISEUR !
PEUH
ET SI TU TE TRANSFORMAIS EN SQUELETTE, ÇA RÉSOUDRAIT TES PROBLÈMES D'AÉRATION, NON ?
PLANCHE À PAIN !
LÂCHE-MOI, TAS D'OS
ÇA BRÛÛÛLE !!
BRRRMM
TSUGUMI
CRASH
TSUGUMI ?!
QU'Y A-T-IL ?!
ENCORE LA FILLE DES ENFERS ?!
NE DORS PAS...
LES YEUX OUVERTS !

INTERLUDE SPÉCIAL DE LA FILLE DES ENFERS
VOITURE
BAH... OÙ EST MADEMOISELLE ?
DIRE QUE JE SUIS EN STAND-BY...
OÙ A-T-ELLE BIEN PU PASSER ?
TSAC
MADEMOISELLE ! VITE, ALLONS ENVOYER QUELQU'UN EN ENFER !
J'Y SUIS DÉJÀ ALLÉE.
PLUTÔT QUE DE T'UTILISER, WANYŪ-DÔ...
ÇA VA PLUS VITE DE PRENDRE UN TAXI.
MADEMOISELLE !
TAP TAP
J'AI FAIM !
COMPLÉMENTS ALIMENTAIRES
GRR GRR
J'AI ENCORE LA PEAU ABÎMÉE...
LOOK
L'ORGANISME DE MADEMOISELLE COMMENCE À FATIGUER.
IL FAUT DIRE QU'ELLE MÈNE UNE VIE DÉSÉQUILIBRÉE.
ELLE TRAVAILLE TOUTES LES NUITS...
SI, AU MOINS, ELLE MANGEAIT CORRECTEMENT...
TENEZ, MADEMOISELLE !
C'EST PLEIN DE CALCIUM ! ♡
GULP
FÉMUR
MADEMOISELLE, C'EST DU DHA* !
JE CROIS QUE C'EST BON POUR LE CERVEAU ET LA PEAU !
ŒIL GAUCHE
ALLEZ PLUTÔT M'ACHETER DES COMPLÉMENTS ALIMENTAIRES AU SHOPIX...
À SUIVRE...
* ACIDE DOCOSAHEXAÉNOÏQUE, ACIDE GRAS FAISANT PARTIE DES OMÉGA 3.

Petit interlude
LA CHANSON DES CERISIERS

TWIC
OH !
JE PRÉFÈRE ÇA !
TU ES VIVANT !
OÙ VAS-TU ?
BAH ? AÏ !
SENTARÔ !
TU SAIS QUOI ?
EH BEN, EH BEN, LE PAPILLON...
SHAAA

C'EST BEAU...

FWOOO
AH...
OH NON...
LES PÉTALES S'ENVOLENT...
AÏ !
ON REVIENDRA LES VOIR ENSEMBLE L'ANNÉE PROCHAINE, D'ACCORD ?
ET L'ANNÉE D'APRÈS ! ET ENCORE L'ANNÉE D'APRÈS !
TOUJOURS !
OUI !

C'EST PROMIS !
MADEMOI-SELLE...
MADEMOISELLE !
VOUS VOUS ÊTES ENCORE ENDORMIE LÀ...
AH BON ?

DES PÉTALES DE FLEURS DE CERISIER ?
C'EST CURIEUX EN CETTE SAISON...
BAH, ÇA NE FAIT RIEN.
VOUS AIMEZ VRAIMENT BEAUCOUP LES FLEURS DE CERISIER, MADEMOISELLE.
AU PRINTEMPS, CE SERAIT BIEN SI ON ALLAIT LES ADMIRER TOUS ENSEMBLE...
MADEMOISELLE...
VOUS PLEUREZ ?
** FIN **

Titre original :
Jigoku Shôjo, vol. 3

First published in Japan in 2006
by Kodansha Ltd., Tokyo
French publication rights arranged
through Kodansha Ltd., Tokyo

Traduction et adaptation : Xavière Daumarie
Création d'illustrations : David Cochard
Édition française
2008 Pika Édition
ISBN : 978-2-84599-951-0
Dépôt légal : novembre 2008
Achevé d'imprimer en France
par Aubin en février 2009
Diffusion : Hachette Livre